KB007024

끝까지 남겨두는 그 마음

나태주 필사시집
끝까지 남겨두는 그 마음

초판 1쇄 발행 2019년 9월 19일
초판 40쇄 발행 2022년 12월 6일
개정판 1쇄 발행 2023년 4월 26일
개정판 5쇄 발행 2025년 1월 3일

지은이 | 나태주
펴낸이 | 金滇珉
펴낸곳 | 북로그컴퍼니
주소 | 서울시 마포구 와우산로 44(상수동), 3층
전화 | 02-738-0214
팩스 | 02-738-1030
등록 | 제2010-000174호

ISBN 979-11-6803-059-6 03810

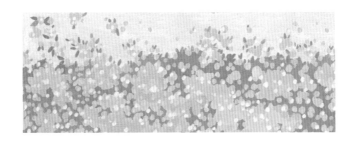

끝까지 남겨두는 그 마음

나태주 필사시집

북로그컴퍼니

부디 나의 마음을 읽어주세요

누군가의 시를 필사한다는 것은
그 시를 더 잘 알기 위한 하나의 노력입니다.

아닙니다. 그 시를 쓴 사람 마음 가까이에 가기 위한 노력입니다.
시를 필사하면서 시와 같은 마음이 되고 시인과 같은 마음이 됩니다.
시인의 마음을 따라 내 마음에도 그늘이 지고
햇빛이 들고 때로는 새소리 들리고
구름이 흐르고 개울물 소리가 나기도 할 것입니다.
더구나 시를 소리 내어 읽으면서 시를 필사할 때
시를 세 번 읽는 효과가 있습니다.
눈으로 한 번 읽고, 쓰면서 한 번 읽고,
내가 읽는 소리를 내 귀가 들어서 다시 한 번 읽습니다.
나만 하더라도 시를 필사하면서 시인이 되었습니다.
그건 지금도 여전히 마찬가지입니다.
언제든 마음에 드는 시, 좋은 시가 있으면 노트에 적어두고
여러 차례 읽고 또 읽고 그러니까요. 드디어 외우기도 한답니다.

그러면 무슨 일이 일어날까요?
나도 모르게 어느 사이 그런 좋은 시를 쓰고 싶은 생각이 들고
조금씩 내 마음이 좋아지다가 드디어는 그런 시에는 못 미치지만
그럴듯한 시가 한 편 쓰이기도 한답니다.

나의 시는 나의 인생.
당신, 당신은 나의 시를 필사하면서 나의 마음도 알게 되고
짐짓 나의 인생도 들여다보시겠군요.
가난한 마음. 초라한 인생. 부디 예쁘게, 좋게 보아주시기 바랍니다.
당신이 나의 시를 읽고 필사할 때 나의 마음도 거기에 있고
나의 인생 또한 당신에게 알은체 손을 내밀 것입니다.
부디 나의 마음을 읽어주시기 바랍니다.

2019년 가을 무렵
나태주 씁니다.

Part **1**

사랑,
그것은 오고야 말았다

풀꽃

자세히 보아야
예쁘다

오래 보아야
사랑스럽다

너도 그렇다

사랑, 그것은 오고야 말았다

사는 법

그리운 날은 그림을 그리고
쓸쓸한 날은 음악을 들었다

그리고도 남는 날은
너를 생각해야만 했다.

시 1

만나기는 한나절이었지만
잊기에는 평생도 모자랐다

내가 너를

내가 너를
얼마나 좋아하는지
너는 몰라도 된다.

너를 좋아하는 마음은
오로지 나의 것이요,
나의 그리움은
나 혼자만의 것으로도
차고 넘치니까……

나는 이제
너 없이도 너를
좋아할 수 있다.

나는 이제
너 없이도 너를
좋아할 수 있다

이
가
을
에

아직도 너를
사랑해서 슬프다.

사랑에 답함

예쁘지 않은 것을 예쁘게
보아주는 것이 사랑이다

좋지 않은 것을 좋게
생각해주는 것이 사랑이다

싫은 것도 잘 참아주면서
처음만 그런 것이 아니라

나중까지 아주 나중까지
그렇게 하는 것이 사랑이다.

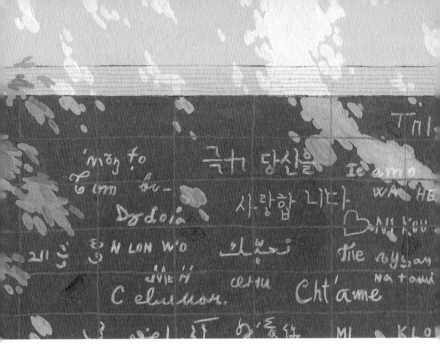

●

그
리
움

가지 말라는데 가고 싶은 길이 있다
만나지 말자면서 만나고 싶은 사람이 있다
하지 말라면 더욱 해보고 싶은 일이 있다

그것이 인생이고 그리움
바로 너다.

사랑

오래 함께 마주 앉아서
바라보는 것

말이 없어도 눈으로 가슴으로
말을 하는 것

보일 듯 말 듯 얼굴에
웃음 머금는 것

그러다가 끝내는 눈물이 돌아
고개 떨구기도 하는 것.

후회

이담에 이담에 나는 너에게
사랑한다는 말을 너무 여러 번 한 것을
후회할 것이고

너는 한 번도 나에게
사랑한다는 말을 하지 않은 것을
후회할지도 모른다

11월

돌아가기엔 이미 너무 많이 와버렸고
버리기에는 차마 아까운 시간입니다

어디선가 서리 맞은 어린 장미 한 송이
피를 문 입술로 이쪽을 보고 있을 것만 같습니다

낮이 조금 더 짧아졌습니다
더욱 그대를 사랑해야 하겠습니다.

약
속
2

달빛이 있는 곳까지만 함께 가자
손가락 걸었다
풀벌레 소리 있는 곳까지
개울물 소리 나는 곳까지만 함께 가자
손가락 걸었다
끝내 마음이 있는 곳까지만
함께 가자
오늘 바로 그랬다.

고백

좋은 것만 보면 무어든
네 생각이 나고
어여쁜 경치 앞에서도
네 얼굴이 떠올라

어떻게든 너에게
선물하고 싶지만
번번이 그럴 수는 없어

안달하다가 무너져 내리다가
절벽이 되고 산이 되고
끝내는 화닥화닥 불길로
타오르는 꽃나무

이것이 요즘
너를 향한 나의 마음이란다

너를 두고

세상에 와서
내가 하는 말 가운데서
가장 고운 말을
너에게 들려주고 싶다

세상에 와서
내가 가진 생각 가운데서
가장 예쁜 생각을
너에게 주고 싶다

세상에 와서
내가 할 수 있는 표정 가운데
가장 좋은 표정을
너에게 보이고 싶다

이것이 내가 너를
사랑하는 진정한 이유
나 스스로 네 앞에서 가장
좋은 사람이 되고 싶은 소망이다.

필연

우연이었다
네가 내게로 온 것
내가 네게로 간 것

바람 하나
길모퉁이 돌아가다가
풀꽃 한 송이 만나듯
그것은 우연이었다

아니다
필연이었다
기어코 언젠가는
만나기로 한 약속

네가 내가 되고
내가 네가 되는 신비
그것은 분명 필연이었다.

개양귀비

생각은 언제나 빠르고
각성은 언제나 느려

그렇게 하루나 이틀
가슴에 핏물이 고여

흔들리는 마음 자주
너에게 들키고

너에게로 향하는 눈빛 자주
사람들한테도 들킨다.

능금나무 아래

한 남자가 한 여자의 손을 잡았다
한 젊은 우주가 또 한 젊은
우주의 손을 잡은 것이다

한 여자가 한 남자의 어깨에 몸을 기댔다
한 젊은 우주가 또 한 젊은
우주의 어깨에 몸을 기댄 것이다

그것은 푸르른 5월 한낮
능금꽃 꽃등을 밝힌
능금나무 아래서였다

유월에

말없이 바라
보아주시는 것만으로도 나는
행복합니다

때때로 옆에 와
서 주시는 것만으로도 나는
따뜻합니다

산에 들에 하이얀 무찔레꽃
울타리에 덩굴장미
어우러져 피어나는 유월에

그대 눈길에
스치는 것만으로도 나는
황홀합니다

그대 생각 가슴속에
안개 되어 피어오름만으로도
나는 이렇게 가득합니다.

대답은 간단해요

당신, 내 앞에 있을 때가 제일 예뻐요
웃는 얼굴도 예쁘고
찡그린 얼굴까지 예뻐요

대답은 간단해요
내가 당신 사랑하고 있기 때문이에요
내가 당신 사랑하는 것 당신도
알고 있기 때문이에요

나도 당신 앞에 섰을 때가 가장
마음 편하고 즐거워요 당당해요
그 또한 당신이 나를 사랑한다는 걸
내가 마음속으로 잘 알고 있기 때문이겠지요.

사랑은 언제나 서툴다

서툴지 않은 사랑은 이미
사랑이 아니다
어제 보고 오늘 보아도
서툴고 새로운 너의 얼굴

낯설지 않은 사랑은 이미
사랑이 아니다
금방 듣고 또 들어도
낯설고 새로운 너의 목소리

어디서 이 사람을 보았던가……
이 목소리 들었던가……
서툰 것만이 사랑이다
낯선 것만이 사랑이다

오늘도 너는 내 앞에서
다시 한 번 태어나고
오늘도 나는 네 앞에서
다시 한 번 죽는다.

오늘도 너는 내 앞에서
다시 한번 태어나고
오늘도 나는 네 앞에서
다시 한번 죽는다

언
제
나

네가 있어 좋아
그냥 네가 있어 좋아
웃어도 좋고
웃지 않아도 좋고
말을 해도 좋고
말을 하지 않아도 좋아
네가 있어 좋아
언제나 내 앞에
네가 있어 좋아.

사랑, 그것은

천둥처럼 왔던가?
사랑, 그것은
벼락 치듯 왔던가?

아니다 사랑, 그것은
이슬비처럼 왔고
한 마리 길고양이처럼 왔다
오고야 말았다

살금살금 다가와서는
내 마음의 윗목
가장 밝고 좋은 자리를
차지하고 말았다

그리하여 우리는
하나가 되었다
너는 내가 되었고
나는 네가 되었다.

꽃잎

활짝 핀 꽃나무 아래서
우리는 만나서 웃었다

눈이 꽃잎이었고
이마가 꽃잎이었고
입술이 꽃잎이었다

우리는 술을 마셨다
눈물을 글썽이기도 했다

사진을 찍고
그날 그렇게 우리는
헤어졌다

돌아와 사진을 빼보니
꽃잎만 찍혀 있었다.

눈이
꽃잎이었고
이마가
꽃잎이었고
입술이
꽃잎이었다

모두가 네 탓

해가 뜨고 달이 떠도
나는 모르는 일이다
꽃이 피고 풀이 푸르러도
나는 모르는 일이다

모두가 네가 시켜서 하는 일이다
네가 있었기에 일어나는 일들이다

바람이 불어도 그것은
네가 하는 일이요
바람 뒤에 묻어오는 향기
그것도 네 마음의 표식

모두가 네가 시켜서 하는 일이다
네가 있었기에 일어나는 일들이다

내가 오늘 이렇게
기분이 좋은 것도
하늘 땅끝까지 살고만 싶은 것도
모두가 네가 시켜서 하는 일들이다

모두가 네 탓이다
모두가 내 탓이 아니다.

그런 사람으로

그 사람 하나가
세상의 전부일 때 있었습니다

그 사람 하나로 세상이 가득하고
세상이 따뜻하고

그 사람 하나로
세상이 빛나던 때 있었습니다

그 사람 하나로 비바람 거센 날도
겁나지 않던 때 있었습니다

나도 때로 그에게 그런 사람으로
기억되고 싶습니다.

살아갈 이유

너를 생각하면 화들짝
잠에서 깨어난다
힘이 솟는다

너를 생각하면 세상 살
용기가 생기고
하늘이 더욱 파랗게 보인다

너의 얼굴을 떠올리면
나의 가슴은 따뜻해지고
너의 목소리 떠올리면
나의 가슴은 즐거워진다

그래, 눈 한번 질끈 감고
하나님께 죄 한 번 짓자!
이것이 이 봄에 또 살아갈 이유다.

●

풀꽃

자세히 보아야
예쁘다

오래 보아야
사랑스럽다

너도 그렇다.

풀꽃

나태주

자세히 보아야
예쁘다

오래 보아야
사랑스럽다

너도 그렇다!

Part **2**

그러나
너는 끝내 거기 없었다

말하고 보면

말하고 보면 벌써
변하고 마는 사람의 마음

말하지 않아도 네가
내 마음 알아줄 때까지

내 마음이 저 나무
저 흰 구름에 스밀 때까지

나는 아무래도 이렇게
서 있을 수밖엔 없다.

멀
리
서
빈
다

어딘가 내가 모르는 곳에
보이지 않는 꽃처럼 웃고 있는
너 한 사람으로 하여 세상은
다시 한 번 눈부신 아침이 되고

어딘가 네가 모르는 곳에
보이지 않는 풀잎처럼 숨 쉬고 있는
나 한 사람으로 하여 세상은
다시 한 번 고요한 저녁이 온다

가을이다, 부디 아프지 마라.

가을이다
부디 아프지마라

목련꽃 낙화

너 내게서 떠나는 날
꽃이 피는 날이었으면 좋겠네
꽃 가운데서도 목련꽃
하늘과 땅 위에 새하얀 꽃등
밝히듯 피어오른 그런
봄날이었으면 좋겠네

너 내게서 떠나는 날
나 울지 않았으면 좋겠네
잘 갔다 오라고 다녀오라고
하루치기 여행을 떠나는 사람
가볍게 손 흔들듯 그렇게
떠나보냈으면 좋겠네

그렇다 해도 정말
마음속에서는 너도 모르게
꽃이 지고 있겠지
새하얀 목련꽃 흐득흐득
울음 삼키듯 땅바닥으로
떨어져 내려앉겠지.

여행의 끝

어둔 밤길 잘 들어갔는지?

걱정은 내 몫이고
사랑은 네 차지

부디 피곤한 밤
잠이나 잘 자기를……

숲
속
에
그
나
무
아
래

숲속에 그 나무 아래
우리들의 나뭇잎은 떨어져 있을 것이다.
떨어져 썩고 있을 것이다.
그날의 그 우리들의 숨소리, 발자국 소리,
익은 알밤이 되어 상수리나무 열매가 되어
썩은 나뭇잎 아래 싹을 틔우고 있을 것이다.

어차피 우리는 이승에서 남남인 걸요.
마음만 마주 뜨는 보름달일 뿐,
손끝 하나 닿을 수 없는
산드랗게 먼 하늘인 걸요.
안돼요 안돼요 안돼요 안돼요
한사코 흐르는 물소리 물소리……
덤불 속으로 기어드는 저기 저 까투리 까투리……

숲속에 그 나무 아래
우리들의 나뭇잎은
떨어져 쌓여서 썩고 있을 것이다.
새싹을 틔우는 거름이 되고 있을 것이다.
아름다운 우리의 또 다른 여름을
아름다운 우리의 또 다른 가을을 꿈꾸며.
저 혼자서 꿈꾸며.

대숲아래서

어제는 보고 싶다
편지 쓰고

어젯밤 꿈엔
너를 만나 쓰러져 울었다.

자고 나니 눈두덩엔
메마른 눈물자죽,

문을 여니 산골엔
실비단 안개.

가을이 오기도 전에

가을이 오기도 전에 가을을 맞고 싶다
여름이 가기도 전에 가을을 노래하고 싶다

지루한 장마와 땡볕을 견딘 자만이
잘 익은 가을을 맞이하게 되는 것

이 나라에도 가을이 분명 오고 있다는 사실은
그것 하나만으로도 얼마나 아름다운 전설인가

마알갛게 비인 한 개의 유리잔같이 가슴을 비우고
알전등에 이마를 데우고 싶다

당신 하나만을 생각하며
동그마니 앉아 있는 한낮이고 싶다

소맷부리 치운 아침
식어가는 당신의 손길을 못내 아쉬워 우는 바람이고 싶다

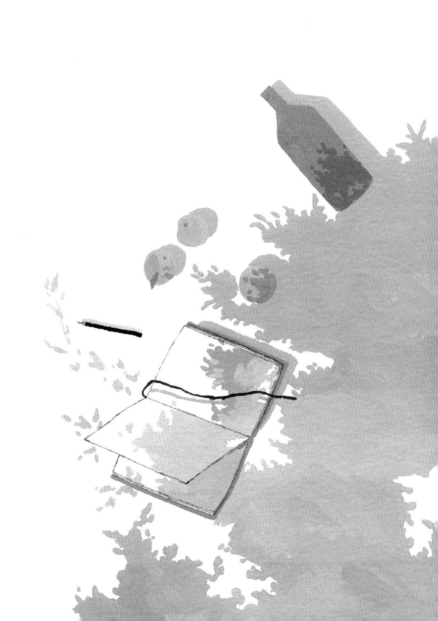

가을 서한

1

당신도 쉽사리 건져주지 못할 슬픔이라면
해질녘 바닷가에 나와 서 있겠습니다.
금방 등돌리며 이별하는 햇볕들을 만나기 위하여.
그 햇볕들과 두 번째의 이별을 갖기 위하여.

2

눈 한 번 감았다 뜰 때마다
한 겹씩 옷을 벗고 나서는 구름,
멀리 웃고만 계신 당신 옆모습이랄까?
손 안 닿을 만큼 멀리 빛나는 슬픔의 높이.

3

아무의 뜨락에도 들어서 보지 못하고
아무의 들판에서 쉬지도 못하고
기웃기웃 여기 다다랐습니다.
고개 들어 우러르면 하늘, 당신의 이마.

4

호오, 유리창 위에 입김 모으고
그 사람 이름 썼다 이내 지우는
황홀하고도 슬픈 어리석음이여,
혹시 누구 알 이 있을까 몰라…….

눈 한 번 감았다 뜰 때마다
한 겹씩 옷을 벗고 나서는 구름,
멀리 옷고만 계신 당신 옆모습이랄까?
손 안 닿을 만큼 멀리 빛나는 슬픔의 높이

섬

너와 나
손잡고 눈 감고 왔던 길

이미 내 옆에 네가 없으니
어찌할까?

돌아가는 길 몰라 여기
나 혼자 울고만 있네.

부탁이야

오래가 아니야 조금
많이가 아니야 조금
네 앞에서 잠시
앉아 있고 싶어

나는 왜 내가 이렇게 되었는지
나도 잘 모르겠어

금방 보고 헤어졌는데도
보고 싶은 네 얼굴
금방 듣고 돌아섰는데도
듣고 싶은 네 목소리

어둔 하늘 혼자서 반짝이는 나는 별
외론 산길에 혼자서 가는 나는 바람

웃는 네 얼굴 조금만 보고
예쁜 목소리 조금만 듣고
이내 나는 떠나갈 거야
그렇게 해줘 부탁이야

나는 왜 내가 이렇게 되었는지
나도 잘 모르겠어.

그러나 너는 끝내 거기 없었다

묘
비
명

많이 보고 싶겠지만
조금만 참자.

너도 그러냐

나는 너 때문에 산다

밥을 먹어도
얼른 밥 먹고 너를 만나러 가야지
그러고
잠을 자도
얼른 날이 새어 너를 만나러 가야지
그런다

네가 곁에 있을 때는 왜
이리 시간이 빨리 가나 안타깝고
네가 없을 때는 왜
이리 시간이 더딘가 다시 안타깝다

멀리 길을 떠나도 너를 생각하며 떠나고
돌아올 때도 너를 생각하며 돌아온다
오늘도 나의 하루해는 너 때문에 떴다가
너 때문에 지는 해이다

너도 나처럼 그러냐?

그러나 너는 끝내 거기 없었다

그
말

보고 싶었다
많이 생각이 났다

그러면서도 끝까지
남겨두는 말은
사랑한다
너를 사랑한다

입 속에 남아서 그 말
꽃이 되고
향기가 되고
노래가 되기를 바란다.

그러나 너는 끝내 거기 없었다

빈방

우리가 정녕 만난 일이나 있었을까?
우리가 정녕 사랑한 일이나 있었을까?
그만 한바탕 꿈을
꾼 것 같은 마음

우리가 정말 눈 마주친 일이나 있었을까?
우리가 정말 손잡은 일이나 있었을까?
누군가로부터 솜씨 좋게
속아 넘어갔다는 느낌

아무리 돌아보아도 아무것도
너와 나 사이 남겨진 것이 없어서
다만 새하얀 기억의 길만
멀리 외롭게 뻗어 있을 뿐

나 오늘 너를 이렇게
생각하며 힘들어함을
나의 방은 기억해주겠지
빈방이 고맙구나.

그러나 너는 끝내 거기 없었다

별빛

당신, 너무 멀리 있어 손길이 닿지 않습니다
당신 모습, 너무 흐려 눈길이 머물지 않습니다
당신은 물기 머금고 눈물 글썽이는 밤하늘의
조그만 별빛인가요……

어쩌면 당신도 지금
울면서 울면서 멀어지고 있을지 모르겠어요
더욱 흐려지고 있을지 모르겠어요

그러나 나는 당신의 별빛을 끝내
놓치지 않으려 그럽니다
오히려 멀고 흐린 당신의 별빛
가슴에 담아 따스한 등불로 삼으려 그럽니다

언젠가 다시 당신이 내 앞으로 돌아오는 날
가슴속 밝은 별빛을 꺼내어
당신께 보여드리고 환하게 웃는
당신의 얼굴 다시 보고 싶은 까닭입니다

당신한테 칭찬 받는 사람이
되고 싶은 까닭입니다.

언젠가 다시 당신이 내 앞으로 돌아오는 날
가슴속 밝은 별빛을 꺼내어
당신께 보여드리고 환하게 웃는
당신의 얼굴 다시 보고 싶은 까닭입니다

보고 싶어요

젖 떨어진 아이처럼
그대가 그리워요
보고 싶어요

목소리라도 듣고 싶은데
늘 내 앞에 너무 많이
없는 그대

내 앞에 너무 오래 바람이고
그냥 빈 하늘이고
그 하늘에 구름인 그대

그대 내 앞에
있었으면 좋겠어요
그대가 너무 보고 싶어요.

그러나 너는 끝내 거기 없었다

바람에게 묻는다

바람에게 묻는다
지금 그곳에는 여전히
꽃이 피었던가 달이 떴던가

바람에게 듣는다
내 그리운 사람 못 잊을 사람
아직도 나를 기다려
그곳에서 서성이고 있던가

내게 불러줬던 노래
아직도 혼자 부르며
울고 있던가

오직 사무치는 마음 하나로

당신은 기억하고 있는지요?
당신에게도 누군가 한 사람
가슴 속 깊이 숨겨두고
생각하고 또 사랑했던 시절이
분명히 있었음을

비록 그 일이 부질없는 일이고
허망한 일일지라도
우리가 기꺼이 그 일에
몸을 바쳐 한세월을 살고
마음 아파하기도 했다는 것을

그 시절 우리는 누구나
한 사람씩 푸른 가슴의 시인이었고
소년이었으며 소녀였지요
오직 사무치는 마음 하나로
스스로 바람이고 꽃이었지요

부디 잊지 마시기 바래요
우리가 시인이고 사랑일 때
세상은 오직 우리 것이었고
우리 또한 세상 그것이었다는 것을
오늘따라 당신이 많이 보고 싶어요.

약
속
1

노랑이 만선滿船된 은행나무 뒤에 숨어
너는 기다리고 있었다.
자꾸만 그쪽으로 가고파 하는 나를
너는 가만히 웃고 있었다.
은빛 날개 파닥이는 바다를 등에 진 채
……
그러나 너는 끝내 거기 없었다.

그러나 너는 끝내 거기 없었다

안부

오래
보고 싶었다

오래
만나지 못했다

잘 있노라니
그것만 고마웠다.

당
신
탓

멍하니 앉았다가 무슨 일인가를 하다가 갑자기 가슴이 찡해질 때 있습니다. 눈물이 핑 돌거나 내가 왜 이러지 싶을 때 있습니다. 자다가도 답답한 느낌이 들어 자리에서 벌떡 일어나 두 눈을 깜박거릴 때 있습니다. 이유는 분명합니다. 바로 당신 탓으로 그렇습니다. 오늘 당신을 만나고 헤어진 일이 있었던 게 겠지요. 당신을 만나지 못했던 시간들이 너무 많이 길었던 게겠지요. 아니, 당신 더욱 멀리 떠나갈 날이 점점 가까워지고 있음을 나는 잊고 살아도 나의 마음은 잊지 않았음이겠지요. 그나저나 당신, 하루 가운데 전화 받기 좋은 시간이 언제인지 그거나 알려주고 떠나기예요.

들국화

바람 부는 등성이에
혼자 올라서
두고 온 옛날은
생각 말자고,
아주아주 생각 말자고.

갈꽃 핀 등성이에
혼자 올라서
두고 온 옛날은
잊었노라고,
아주아주 잊었노라고.

구름이 헤적이는
하늘을 보며
어느 사이
두 눈에 고이는 눈물.
꽃잎에 젖는 이슬.

초저녁의 시

어실어실 어둠에 묻히는 길을 따라
가긴 가야 한다.
귀또리 소리 아파 쓰러진 풀밭을 밟고
새록새록 살아나는 초저녁 별을 헤이며.

그대 드리운 쌍꺼풀 눈두덩의 그늘 속으로,
아직도 고오운 옷고름의 채색구름 속으로,

어실어실 어둠에 묻혀 쓰러지는
길을 따라
날마다 날마다 가지만
결국은 다 못 가기 마련인 그대에게로
어실어실 어둠에 묻혀 가긴 가야 한다.
어실어실 어둠에 스며 끝내 그대에게만
가기는 가야 한다.

눈
이
내
린
날

어쩌면 좋으냐
네가 너무 많이 예뻐서
어쩌면 좋으냐
네가 너무 많아서

하늘에도 너는 있고
땅에도 너는 있고
나뭇가지에도 너는 있고
개울 물소리 속에도
너는 있는데

어쩌면 좋으냐
더구나 오늘은 눈이 내린 날
세상 어디에서도 너를
만날 수 없어
세상 어디에서도 너는
너무 많이 없어서.

그러나 너는 끝내 거기 없었다

바람 부는 날

너는 내가 보고 싶지도 않니?
구름 위에 적는다

나는 너무 네가 보고 싶단다!
바람 위에 띄운다.

●
안
부

오래
보고 싶었다

오래
만나지 못했다

잘 있노라니
그것만 고마웠다.

안 녕

나태주

모래
보고 싶었다

모래
만나지 못했다

잘 있다라니
그것만 고마웠다.

Part 3

이 무진장,
무진장의 재미

행복

저녁 때
돌아갈 집이 있다는 것

힘들 때
마음속으로 생각할 사람 있다는 것

외로울 때
혼자서 부를 노래 있다는 것

•

좋
다

좋아요

좋다고 하니까 나도 좋다.

작은 마음

너 지금 어디쯤 가고 있니?
너 지금 누구하고 있니?
너 지금 무엇 하고 있니?

너 지금 어디서 누구하고
무엇을 하든지 네가
너이기 바란다
너처럼 말하고 너처럼 웃고
너를 좋아하는 사람들이랑
너처럼 잘 살기 바란다

이것이 나의 뜻
너를 사랑하는 나의
작은 마음이란다.

목소리만 들어도 알지요

목소리만 들어도 알지요
당신의 기분이 어떤지
지금 무얼 하고 있는지
누구랑 함께 있는 건지

오늘의 밝고 둥글고 환한 목소리 좋았어요
지구를 한 바퀴 돌아서 오는 듯한
아름다운 노래 소리 정다운 숨소리
비비대는 귀여운 새소리였어요

당신 목소리가 나에게는 삶의 환희예요
산 속에 숨어 흐르는 맑은 시냇물 소리예요
때로는 보고 싶어 가슴이 타오르는
그리움의 뭉게구름이기도 하구요

그래도 당신 목소리는 나에게 샘물이에요
보고 싶은 마음 그리워 애타는 마음
달래주는 시원한 한 모금 샘물이에요
끝임없이 듣고 싶은 음악이구요

그냥 줍는 것이다

길거리나 사람들 사이에
버려진 채 빛나는
마음의 보석들.

최고의 인생

날마다 맞이하는 날이지만
오늘이 가장 좋은 날이라 생각하고

지금 하는 일이
가장 좋은 일이라 생각하고

지금 먹고 있는 음식이
가장 맛있는 음식이라 여기고

지금 만나고 있는 사람이
가장 아름다운 사람이라고 생각한다면

당신의 인생 하루하루는
최고의 인생이 될 것이다.

너의 총명함을 사랑한다

너의 총명함을 사랑한다
너의 젊음을 사랑한다
너의 아름다움을 사랑한다
너의 깨끗함을 사랑한다

너의 꾸밈없음과
꿈 많음을 사랑한다

너의 이기심도 사랑해 주기도 한다
너의 경솔함도 사랑해 주기도 한다
그리고 너의 유약함도 사랑해 주기도 한다
너의 턱없는 허영과
오만도 사랑하기도 한다

봄맞이꽃

봄이 와
다만 그저 봄이 와
파르르 떨고 있는
뽀오얀 봄맞이꽃
살아 있어 좋으냐?
그래, 나도 좋다.

자탄

깨달은 사람이 아닌 것이
얼마나 다행스런 일인지 몰라
깨닫지 못한 사람인 것이
얼마나 더 좋은 일인지 몰라

만약 내가 깨달은 사람이었다 생각해봐
이 세상 모든 걸 알고 있는 사람이었다면
세상 살맛 꽝이지 뭐야
그건 얼마나 재미없는 일이겠냐 말야

살아도 살아도 모르는 것 천지
읽어도 읽어도 산더미같이 쌓이는 책들
아, 만나도 만나도 정다운 사람들
이 무진장, 무진장의 재미

나한테 당신!
당신한테 나!

하늘에서 휴가 나와

퇴원하여 얼마간은
병원에서 휴가 나온
환자거니 여기며 살았지

그러다 보니 이 세상
하루하루 살아가는 거
하늘에서 휴가 나온
떠돌이 여행이란 걸 알았지

이왕이면 이것저것 보고 듣고 하는 것도
될수록 열심히 하다가 갈 일이야
만나는 사람들과도 될수록
정답게 사이좋게 지내다 갈 일이야

나쁜 말은 하지 않기야
찡그린 표정도 금물이야
좋은 생각 기쁜 마음만으로도
우리들 시간이 많지 않아

언제 또 우리가 이
생명의 별 푸른 행성
지구로 휴가 나와 이렇게
다시 만날 수 있겠냐 말야.

나쁜말은 하지않기야
찡그린 표정도 금물이야
좋은생각 기쁜 마음만으로도
우리들 시간이 많지않아

좋은 때

언제가 좋은 때냐고
누군가 묻는다면
지금이 좋은 때라고
대답하겠다

언제나 지금은
바람이 불거나
눈비가 오거나 흐리거나
햇빛이 쨍한 날 가운데 한 날

언제나 지금은
꽃이 피거나
꽃이 지거나
새가 우는 날 가운데 한 날

더구나 내 앞에
웃고 있는 사람 하나
네가 있지 않느냐.

전화선을 타고

전화선을 타고
쌀 씻는 소리
설거지하는 달그락 소리

아, 오늘도 잘 사셨군요

전화선을 타고
텔레비전 소리
나직하게 들리는 음악소리

아, 오늘도 잘 쉬고 계시는군요

고맙습니다.

이 무진장, 무진장의 재미

143

꽃을 피우자

봄이 오니
화를 냈던 일
부끄러워진다
슬퍼했던 일
미안해진다

꽃이 피니
미워했던 일
뉘우쳐진다
짜증냈던 일
속상해진다

나도 분명 꽃인데
나만 그걸
몰랐던 거다
봄이다 이제
너도 꽃을 피워라.

별 하나

잠을 청하려는데
창문에 별 하나
잠들지 못하고
나를 들여다본다

별아, 들어와
나하고 함께
잠들지 않으련

가슴을 열어주자
방안으로 들어와
침대 곁에 눕는 별

그러나 그 별
밤새도록 창문에 붙어서
잠든 나의 이마를 지켜보다가
날이 밝아오자
제 갈 길로 떠났음을
잠든 내가 미처
몰랐을 따름.

별아, 들어와
나하고 함께
잠들지 않으련

꽃과 별

너에게 꽃 한 송이를 준다
아무런 이유가 없다
내 손에 그것이 있었을 뿐이다

막다른 골목길을 가다가
맨 처음 만난 사람이
바로 너였기 때문이다

밤하늘의 별들을 바라본다
어둔 밤하늘에 별들이 빛나고 있었고
다만 내가 울고 있었을 뿐이다.

네가 있어

바람 부는 이 세상
네가 있어 나는 끝까지
흔들리지 않는 나무가 된다

서로 찡그리며 사는 이 세상
네가 있어 나는 돌아앉아
혼자서도 웃음 짓는 사람이 된다

고맙다
기쁘다
힘든 날에도 끝내 살아남을 수 있었다

우리 비록 헤어져
오래 멀리 살지라도
너도 그러기를 바란다

다
만
그
뿐
이
야

믿어봐 믿어 줘봐 네 자신 안에 있는 너를 네가 먼
저 믿어 줘봐

모든 일이 잘 될 거야 좋아질 거야

웃어봐 웃어 줘봐 너 자신 안에 있는 너에게 네가
먼저 웃어 줘봐

모든 일이 잘 될 거야 좋아질 거야

다른 사람들 뭐라든 무슨 상관이야 뭘 어쩌겠다는
거야 도움이 안 돼

너는 너이고 그들은 그들일 뿐이야 상관없어

사랑해봐 사랑해 줘봐 네 자신 안에 있는 너를 네
가 먼저 사랑해 줘봐

모든 일이 잘 될 거야 좋아질 거야

그게 답이야 그것이 옳은 거야 그뿐이야

오늘은 날이 맑고 바람 불어 멀리 떠나고 싶은 날

멀리 사는 얼굴 모르는 사람조차 보고 싶은 날

다만 그뿐이야.

햇빛은 보리밭에

햇빛은 보리밭에 내려
초록의 햇빛이 되고

목련꽃 위에선
순백의 햇빛이 되고

개나리 위에 내려선
샛노란 햇빛이 된다

내 마음에 내린 햇빛은
무슨 빛깔일까?

내가 좋아하는 사람

내가 좋아하는 사람은
슬퍼할 일을 마땅히 슬퍼하고
괴로워할 일을 마땅히 괴로워하는 사람

남의 앞에 섰을 때
교만하지 않고
남의 뒤에 섰을 때
비굴하지 않은 사람

내가 좋아하는 사람은
미워할 것을 마땅히 미워하고
사랑할 것을 마땅히 사랑하는
그저 보통의 사람

꽃

누군가 이 시간 당신을
사랑하는 사람이 있다고 생각하면
살맛이 날 것이다

어딘가 이 시간 당신을 위해
기도하는 사람이 있다고 생각하면
더욱 살맛이 날 것이다

더구나 당신이 세상으로부터
사랑받는 사람이라고 생각한다면
드디어 당신은 꽃이 될 것이다

팡! 터져버리는 그 무엇
알 수 없는 은은한 향기, 그것은
쉬운 일이기도 하고
어려운 일이기도 하다.

새
해
인
사

글쎄, 해님과 달님을 삼백예순다섯 개나
공짜로 받았지 뭡니까
그 위에 수없이 많은 별빛과 새소리와 구름과
그리고
꽃과 물소리와 바람과 풀벌레 소리들을
덤으로 받았지 뭡니까

이제, 또다시 삼백예순다섯 개의
새로운 해님과 달님을 공짜로 받을 차례입니다
그 위에 얼마나 더 많은 좋은 것들을 덤으로
받을지 모르는 일입니다

그렇게 잘 살면 되는 일입니다
그 위에 더 무엇을 바라시겠습니까?

아침 식탁

밤이 가고 아침이 오는 것
그보다 더 좋은 일은 없다

하루가 잘 저물고 저녁이 오는 것
그보다 더 다행스런 일은 없다

앞에 앉아 웃으며 밥을 먹어주는 한 사람
이보다 더 소중한 사람은 없다.

아
끼
지
마
세
요

좋은 것 아끼지 마세요
옷장 속에 들어 있는 새로운 옷 예쁜 옷
잔칫날 간다고 결혼식장 간다고
아끼지 마세요
그러다 그러다가 철 지나면 헌옷 되지요

마음 또한 아끼지 마세요
마음속에 들어 있는 사랑스런 마음 그리운 마음
정말로 좋은 사람 생기면 준다고
아끼지 마세요
그러다 그러다가 마음의 물기 마르면 노인이 되지요

좋은 옷 있으면 생각날 때 입고
좋은 음식 있으면 먹고 싶은 때 먹고
좋은 음악 있으면 듣고 싶은 때 들으세요
더구나 좋은 사람 있으면
마음속에 숨겨두지 말고
마음껏 좋아하고 마음껏 그리워하세요

그리하여 때로는 얼굴 붉힐 일
눈물 글썽일 일 있다 한들
그게 무슨 대수겠어요!
지금도 그대 앞에 꽃이 있고
좋은 사람이 있지 않나요
그 꽃을 마음껏 좋아하고
그 사람을 마음껏 그리워하세요.

좋은 사람 있으면
마음속에 숨겨두지말고
마음껏 좋아하고 마음껏 그리워하세요

가보지 못한 골목들을
그리워하면서 산다.

알지 못한 꽃밭,
꽃밭의 예쁜 꽃들을
꿈꾸면서 산다.

세상 어디엔가
우리가 아직 가보지 못한 골목길과
우리가 아직 알지 못하던 꽃밭이
숨어 있다는 것은
그것만으로도 얼마나
희망적인 일이겠니!

만나지 못했던 사람들을
만나기 위해서 산다.

세상 어디엔가
우리가 아직 만나지 못한 사람들이
살고 있다는 것은
그것만으로도 얼마나
가슴 두근거려지는 일이겠니!

가보지 못한 골목길을

선물

나에게 이 세상은 하루하루가 선물입니다
아침에 일어나 만나는 밝은 햇빛이며 새소리,
맑은 바람이 우선 선물입니다

문득 푸르른 산 하나 마주했다면 그것도 선물이고
서럽게 서럽게 뱀 꼬리를 흔들며 사라지는
강물을 보았다면 그 또한 선물입니다

한낮의 햇살 받아 손바닥 뒤집는
잎사귀 넓은 키 큰 나무들도 선물이고
길 가다 발밑에 깔린 이름 없어 가여운
풀꽃들 하나하나도 선물입니다

무엇보다도 먼저 이 지구가 나에게 가장 큰 선물이고
지구에 와서 만난 당신,
당신이 우선적으로 가장 좋으신 선물입니다

저녁 하늘에 붉은 노을이 번진다 해도 부디
마음 아파하거나 너무 섭하게 생각지 마서요
나도 또한 이제는 당신에게
좋은 선물이었으면 합니다.

무엇보다도 먼저 이 지구가 나에게 가장 큰 선물이고
지구에 와서 만난 당신,
당신이 우선적으로 가장 좋으신 선물입니다

행복

저녁때
돌아갈 집이 있다는 것

힘들 때
마음속으로 생각할 사람 있다는 것

외로울 때
혼자서 부를 노래 있다는 것.

행 복

나 태주

저녁때
돌아갈 집이 있다는 것

힘들 때
마음속으로 생각할 사람 있다는 것

외로울 때
혼자서 부를 노래 있다는 것!

Part **4**

거기
한 그루 나무 서 있었다

두
사
람

좋은 사람이라면
말이 필요 없겠지요

더 좋은 사람이라면
나도 필요 없겠지요

벌써 그 사람이
나일 테니까.

봄

새들이 보고 있어요
우리 둘이 어깨 비비고
걸어가는 것

꽃들이 웃고 있어요
우리 둘이 눈으로 말하고
이야기하고 있는 것

죽림리

하루에도 몇 번씩 찾아가
풀밭에 몸을 눕히곤 하는 날이 많아졌다.

지친 것 없이 지친 마음
바닷가에 나가 게를 잡다 돌아온 바람처럼
차악, 풀밭에 몸을 눕히면
한 마리 풀벌레 울음 속에
자취 없는 목숨
차라리 눈물겨워서 좋다.

'내 이제 그대에게
또 무슨 약속을 드리랴!'
해가 지니 대숲에
새삼스레 바람이 일 뿐.

아
침

1
밤마다 너는
별이 되어 하늘 끝까지 올라갔다가
밤마다 너는
구름이 되어 어둠에 막혀 되돌아오고

그러다 그러다
기어이
털끝 하나 움쩍 못할 햇무리 안에
갇혀버린 네 눈물자죽만,

보라! 이 아침
땅 위에 꽃밭을 이룬
시퍼런 저승의 입설들.

2
끝없이 찾아 헤매다 지친 자여.

그대의 믿음이 끝내 헛되었음을 알았을 때
그대는 비로소 한 떼의
그대가 버린 눈물과 만나게 되리라.

거기 한 그루 나무 서 있었다

아직도 귀엽고 사랑스러운

아직은 이루어져야 할

언젠가 버린 그대의 약속들과 만나리라.

자칫 잡았다 놓친

그날의 그 따스한 악수와

다시 오솔길에 서리라.

●

오
늘

지금 여기
행복이 있고

어제 거기
추억이 있고

멀리 저기에
그리움 있다

알아서 살자.

들 밖의 길

한 사람이
걷고 걸어서
들판에 가늘은
길이 하나 생기고
그 길을 따라 새소리며
앉은뱅이꽃 냉이풀꽃서껀
무릎걸음으로 다가와 앉고
이슬의 깃발을 든 각시풀들도
마중 나오고
날 저물어 밤이 오면
하늘의 달님이며
별들도 내려와 그 길을
비춘다

거기 한 그루 나무 서 있었다

꽃
하
나
노
래
하
나

꽃 하나
찾으려고
세상에 왔다가

노래 하나
얻으려고
세상 헤매이다가

꽃도 노래도
찾지 못하고

나는 여기
땅바닥에 주저앉아
발 부비며 울고 있습니다

그대여 나를
데려가 주세요.

오늘은 우선 이렇게 사랑을 잃었다 하자

고개 숙이니 발밑에 시들은 구절초
어느새 빠른 물살로 흘러가고 만 가을

눈감고 산 며칠 사이 세상은 저만치
낯선 눈빛으로 건너다보는데

잘못 살았구나 참말로 잘못 살았구나
바람은 또 나의 목을 스쳐가는데

나는 무슨 까닭으로 또 어린아이처럼 투정하며
땅바닥에 주저앉아 두 발 뻗고 울고만 싶은 거냐?

무슨 소망으로 또 나는 다가오는 시린
겨울 강물을 무사히 건널 것이냐?

탁탁, 소리 내어 잎눈 틔운 적 없는 나무의 밑둥
오늘은 우선 이렇게 사랑을 잃었다 하자.

겨울 연가

한겨울에 하도 심심해
도로 찾아 꺼내 보는
당신의 눈썹 한 켤레.
지난 여름 아무리 찾아도 찾을 수 없던 그것들.

움쩍 못하게 얼어붙은
저승의 이빨 사이
저 건너 하늘의 한복판에.

간혹 매운 바람이 걸어놓고 가는
당신의 빛나는 알몸.
아무리 헤쳐도 헤쳐도
보이지 않던 그 속살의 깊이.

숙였던 이마를 들어 보일 때
눈물에 망가진 눈두덩이.
그래서 더욱 당신의 눈썹 검게 보일 때.

도로 찾아 듣는
대이파리 잎마다에 부서져
잔잔히 흐느끼는
옷 벗은 당신의 흐느낌 소리.
가만가만 삭아드는 한숨의 소리.

194

거기 한 그루 나무 서 있었다

우정

고마운 일 있어도 그것은
고맙다는 말
쉽게 하지 않는 마음이란다

미안한 일 있어도 그것은
미안하다는 말
쉽게 하지 못하는 마음이란다

사랑하는 마음 있어도 그것은
사랑한다는 말
쉽게 하지 않는 마음이란다

네가 오늘 나한테 그런 것처럼.

거기 한 그루 나무 서 있었다

혼자서

무리지어 피어 있는 꽃보다
두셋이서 피어 있는 꽃이
도란도란 더 의초로울 때 있다

두셋이서 피어 있는 꽃보다
오직 혼자서 피어 있는 꽃이
더 당당하고 아름다울 때 있다

너 오늘 혼자 외롭게
꽃으로 서 있음을 너무
힘들어하지 말아라.

너오늘혼자외롭게
꽃으로 서 있음을너무
힘들어하지말아라

우리가 마주 앉아

우리가 마주 앉아
웃으며 이야기하던
그 나무에는
우리들의 숨결과
우리들의 웃음소리와
우리들의 이야기 소리가
스며 있어서,
스며 있어서,

우리가 그 나무 아래를 떠난 뒤에도,
우리가 그 나무 아래에서
웃으며 이야기했다는 사실조차
까마득 잊은 뒤에도,

해마다 봄이 되면 그 나무는
우리들의 웃음소리와
우리들의 숨결과 말소리를 되받아
싱싱하고 푸른 새잎으로 피울 것이다.

해마다 봄이되면
그 나무는
우리들의 웃음소리와
우리들의 숨결과
말소리를 되받아
싱싱하고
푸른 새잎으로
피울 것이다

서로 어우러져 사람들보다 더
스스럼없이 떠들고 웃고 까르륵대며
즐거워하고 있을 것이다.
볼을 부비며 살을 부비며 어우러져
기쁨을 나누고 있을 것이다.

길을 쓸면서

길을 쓸면서
마음도 함께 쓴다

이제는 누구도 이곳에 함부로
쓰레기를 버리지 못하겠지
담배꽁초를 던지거나
침을 뱉을 때에도
눈치를 보고 망설이고 그러겠지
동네 개들까지도 이곳을
조심하며 지나갈 거야

길을 쓸면서
세상의 마음까지 함께 쓴다.

●

동
백
꽃

눈이 그쳤다
통곡 소리가 그쳤다

애달픈 음악소리도 멈췄다

누군가를 가슴에 안고
붉은 꽃 한 송이 피워내던 일 또한
잠깐 사이다

다만 허공에 어여쁜
피멍 하나 걸렸을 뿐이다.

거기 한 그루 나무 서 있었다

새로운 길

나는 신문을 한 일 년쯤
묵혔다 읽는다
어떤 때는 이삼 년, 더한 때는
십 년이 지난 신문을 읽을 때도 있다
그렇게 읽어도 새로운 소식을
담은 신문이 내게는 정말로
신문이 될 수 있기 때문

나는 남들이 새로운 길이라고 소리치며
달려가는 길은 가지 아니한다
오히려 사람들이 왁자지껄 그 길을
걸어서 멀리 사라진 뒤
그 길이 사람들한테 잊혀질 만큼 되었을 때
그 길을 찾아가본다
그런 뒤에도 그 길이 나에게
새로운 길일 수 있다면 정말로
새로운 길일 수 있기 때문

나에게 새로운 길은 언제나
누군가에게서 버림받은
풀덤불에 묻힌 낡은 길이다.

거기 한 그루 나무 서 있었다

능소화

누가 봐주거나 말거나
커다란 입술 벌리고 피었다가,
뚝

떨어지고 마는 어여쁜
눈부신 하늘의
육체를 본다

그것도 비 내리시는 이른 아침

마디마디 또다시 일어서는
어리디 어린 슬픔의
누이들을 본다, 얼핏.

거기 나무가 있었다

언제부턴지 모르게 거기 한 그루 나무 서 있었다. 봄이면 새 이파리 내밀고 여름이면 새 가지를 키워 높다라이 하늘 닿게 자라다가 가을이면 이파리를 떨구고 겨울이면 묵상하는 사람처럼 고개 숙여 서 있을 따름인 나무. 오랜 날들이 그렇게 흘렀다. 사람들은 나무 아래를 지나쳐 대처大處에 나가기도 하고 집으로 돌아오기도 했지만 거기 나무가 있다는 것을 까맣게 잊고 살았다. 가끔 나무 아래에서 고달픈 다리를 쉬거나 햇빛을 피하기 위해 앉아 있기도 했지만 거기 나무가 그렇게 있다는 사실을 자주 잊어버리곤 했다. 많은 날들이 또 그렇게 흘렀다. 그러던 어느 날 무슨 까닭으론지 나무가 베어지고 말았다. 나무가 베어진 뒤 비로소 사람들은 알게 되었다. 아, 저기에 나무가 있었었구나. 그것도 키가 하늘 닿도록 아름드리 커다란 나무가 있었었구나.

사람들 마음속에 커다란 나무 한 그루씩 심겨진 것은 그 뒤의 일이었다.

산
책

여보, 여보, 여보
또 봄이야

여름이 왔나 싶더니
이제는 또 가을이야

여보, 여보, 여보
이걸 어쩜 좋아?

거기 한 그루 나무 서 있었다

지상의 시간

지상의 모든 시간은
사람을 기다려주지 않는다

기차도 사람을 기다려주지 않고
계절도 꽃도 사람을 기다려주지 않고
내 앞에 앉아서 웃고 있는 너도
나를 기다려 주지 않는 것은 마찬가지

어찌할 텐가?

더욱 열심히 살고
더욱 열심히 사랑할 밖에는
달리 길은 없다

거기 한 그루 나무 서 있었다

빈손의 노래

가을에는 빈 뜨락을
거닐게 하소서.

맨발 벗은 구름 아래
괴벗은° 마음으로
주머니에 손을 찌르고 들길을 돌아와
끝내 빈손이게 하소서.

가을에는 혼자 몸져 앓아누워
담장 너머 성한 사람들 떠드는 소리
귀동냥해 듣게 하소서.

무너져 내린 꽃밭 귀퉁이
아직도 분명 불타고 있을 사르비아꽃 대궁이에
황량히 쌓이고 있을
이국의 햇볕이나
속맘으로 요량해 보게 하소서.

° 괴벗은: '헐렁한, 풀어진 듯한'의 뜻

자연과의 인터뷰

구름아, 나하고 이야기하자
어디를 갔었는지 무엇을 보았는지
무척 많이 듣고 싶단다

풀들아, 꽃들아
늬들도 나하고 이야기하자
늬들한테도 들을 얘기가 아주 많단다

아침에 어떤 새들이 지절거렸는지
점심 때 바람이 무어라 속삭였는지
나는 너희들이 무척이나 부러울 때가 있단다.

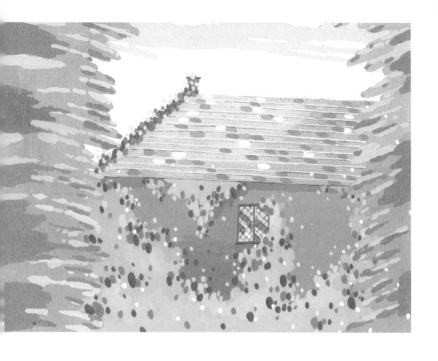

거기 한 그루 나무 서 있었다

가을 햇살은
모든 것들을 익어가게 한다
그 품안에 들면 산이며 들
강물이며 하다못해 곡식이며 과일
곤충 한 마리 물고기 한 마리까지
익어가지 않고서는 배겨나지를 못한다

그리하여 마을의 집들이며 담장
마을로 뚫린 꼬불길조차
마악 빵 기계에서 구워낸 빵처럼
말랑말랑하고 따스하다

몇 해 만인가 골목길에서 마주친
동갑내기 친구
나이보다 늙어 보이는 얼굴
나는 친구에게
늙었다는 표현을 삼가기로 한다

이 사람 그 동안 아주 잘 익었군
무슨 말을 하는지 몰라
잠시 어리둥절해진 친구의 손을 잡는다
그의 손아귀가 무척 든든하다
역시 거칠지만 잘 구워진 빵이다.

외
롭
다
고
　
생
각
할
　
때
일
수
록

외롭다고 생각할 때일수록
혼자이기를,

말하고 싶은 말이 많은 때일수록
말을 삼가기를,

울고 싶은 생각이 깊을수록
울음을 안으로 곱게 삭이기를,

꿈꾸고 꿈꾸노니 ―

많은 사람들로부터 빠져나와
키 큰 미루나무 옆에 서 보고
혼자 고개 숙여 산길을 걷게 하소서.

거기 한 그루 나무 서 있었다 ·

훨
씬
더

구두를 벗고 운동화를 신으면
훨씬 잘 보인다

담 밑에 키 작은 과꽃이며
맨드라미, 그리고
담장 너머 키 큰
해바라기

운동화를 벗고 흰 고무신을 신으면
훨씬 더 잘 보인다

벽오동나무 너른 이파리 만지고 가는
바람의 손, 그리고
풀숲에 떨고 있는 시린
가을 곤충의 정강이.

거기 한 그루 나무 서 있었다

까닭

꽃을 보면 아, 예쁜
꽃도 있구나!
발길 멈추어 바라본다
때로는 넋을 놓기도 한다

고운 새소리 들리면 어, 어디서
나는 소린가?
귀를 세우며 서 있는다
때로는 황홀하기까지 하다

하물며 네가
내 앞에 있음에야!

너는 그 어떤 세상의
꽃보다도 예쁜 꽃이다
너의 음성은 그 어떤 세상의
새소리보다도 고운 음악이다

너를 세상에 있게 한 신에게
감사하는 까닭이다.

●

혼자서

무리지어 피어 있는 꽃보다
두셋이서 피어 있는 꽃이
도란도란 더 의초로울 때 있다

두셋이서 피어 있는 꽃보다
오직 혼자서 피어 있는 꽃이
더 당당하고 아름다울 때 있다

너 오늘 혼자 외롭게
꽃으로 서 있음을 너무
힘들어하지 말아라.

혼 자서

나태주

무리 지어 피어 있는 꽃보다
듬성이서 피어 있는 꽃이
도란도란 더 의초로울 때 있다

듬성이서 피어 있는 꽃보다
오직 혼자서 피어 있는 꽃이
더 당당하고 아름다울 때 있다

너 오늘 혼자 외롭게
꽃으로 서 있음을 너무
힘들어 하지 말아라.